Au Galo

Une saison à che

Bienvenue au centre équestre !

Sylvie de Mathuisieulx

LAROUSSE

Pour Ama, qui prépare son 3ᵉ galop et qui adore le CSO !

Merci à Diane, pour son soutien et sa précieuse expertise, ainsi qu'à tous ceux qui ont partagé leur passion avec moi.

Direction de la publication : Carine Girac-Marinier
Direction éditoriale : Stéphanie Jouzier
Édition : Nadine Martrès
Direction artistique : Uli Meindl
Révision de la mise en pages : Audrey Izern
Lecture-correction : Sophie Petitprêtre
Informatique éditoriale : Philippe Cazabet
Fabrication : Carole Rousseau

Illustrations des personnages principaux, de Nox et Zack : Vincent Brascaglia

Autres illustrations : © Shutterstock.com

Loi n° 49-956 du 16 juillet 1949 sur les publications destinées à la jeunesse, modifiée par la loi n° 2011-525 du 17 mai 2011.

ISBN 978-2-03-604068-7

Imprimé par Rotolito Lombarda en Italie
Dépôt légal : février 2023 – 332658
N° de projet : 11051757 – mars 2023

PAPIER À BASE DE FIBRES CERTIFIÉES

LAROUSSE s'engage pour l'environnement en réduisant l'empreinte carbone de ses livres. Celle de cet exemplaire est de : 600 g éq. CO_2
Rendez-vous sur www.larousse-durable.fr

L'ÉMISSION Au Galop! Une saison à cheval

Première série de réalité équestre, *Au galop ! Une saison à cheval*, diffusée sur Okoo et France 4, te permet de suivre le quotidien de deux centres équestres en Normandie et d'un centre équestre en Camargue.

Au fil des épisodes, la série t'emmène au cœur des défis et des aventures de tous ceux qui font vivre et animent ces centres équestres.

- Le Pôle international du cheval (PIC) de Deauville est un écrin pour les futurs médaillés olympiques et les chevaux athlètes de haut niveau.
- Le domaine de Firfol est une propriété réservée au bien-être des chevaux et qui permet aux élèves de combiner passion du cheval, de la nature et des études équestres.
- Les écuries la Reprise est un centre équestre dont la principale discipline est l'équitation de travail inspirée de la monte des gardians au contact des taureaux, l'autre animal emblématique de la Camargue.

Si les enjeux et le cadre éducatif de ces trois centres sont différents, un point commun les unit : le **bien-être de leurs pensionnaires** !

Les personnages de l'histoire

Annou

Émie

Tao

Hippolyte

Mme Frizon

Sidonie
Jonathan
Loïc et Baby
Tim
Antoine
Jeanne

Nox

Zack

Chapitre 1 :

Les vedettes Nox et Zack

— Allez, ma belle, il est l'heure de prendre le chemin du retour ! Tu ne voudrais pas être en retard pour ton rendez-vous ! Tu sais bien ce que Jonathan dit toujours : « L'exactitude est la politesse des rois ! » Je suis assez d'accord avec lui : je trouve que les stars qui s'amusent à se faire désirer manquent terriblement de classe !

Bienvenue au centre équestre !

Mais Annou ne termine pas sa phrase. Nox a failli la déséquilibrer en faisant brutalement demi-tour sur l'étroit chemin forestier. Sans que sa cavalière ait besoin de la diriger, la magnifique jument noire a ensuite repris, au petit trot, le chemin du futur centre équestre. La balade a duré une bonne demi-heure : elles sont parties, toutes les deux, faire un petit tour pour se changer les idées avant le tournage hebdomadaire qui doit commencer à quinze heures. Il est effectivement temps de rentrer.

Depuis que sa voisine, madame Frizon, a vendu son terrain à la commune de Guidou-les-Mitaines* pour y installer un club hippique, Annou a l'impression de vivre un rêve. La vieille dame a gardé sa maison, son grand jardin et ses poules, mais pour le reste, tout a changé ! Là où il n'y avait que des sols en friche, deux belles rangées de dix box se dressent maintenant, séparées par une grande allée. Elles sont encadrées, de part et d'autre,

* Voir tome 1 : *Il faut sauver Nox et Zack.*

par un manège et une carrière. L'une des anciennes dépendances de la maison a été réaménagée pour accueillir les bureaux, la sellerie et le club-house. L'autre accueillera un jour, si tout va bien, des chambres d'hôtes.

On n'a pas touché à la prairie préférée de Nox et Zack. C'est d'ailleurs souvent là que s'installent Jonathan Loisot et son cameraman, quand ils viennent chaque mercredi tourner une « pastille » mettant en scène les chers chevaux de madame Frizon ! Grâce à ces mini-émissions de deux minutes, auxquelles Annou et ses amis participent parfois, Nox et Zack sont devenus de vraies célébrités.

La jeune fille dépasse le parking au pas et saute à terre en arrivant devant le nouveau portail en bois, grand ouvert. Le break de la chaîne de télévision régionale est déjà là. Jonathan et Tim sont pires que ponctuels : ils aiment bien arriver très en avance pour avoir le temps de saluer tout le monde et de prendre des nouvelles. Ensuite, ils choisissent le meilleur endroit où placer les chevaux pour le tournage du jour.

Pas question d'aller directement les retrouver ! Il faut d'abord préparer Nox. Lui retirer sa selle, la brosser, lui curer les pieds. Quand cavalière et monture arrivent devant les box, Zack, le vieux hongre bai, leur fait la fête et allonge sa tête pour avoir un câlin. Le cousin d'Annou est justement en train de le préparer. Hippolyte est élève en section sportive équitation : depuis tout petit, il rêve de devenir jockey et de gagner les plus grandes courses hippiques du monde.

— Salut, lance-t-il. Tu sais de quoi on va parler, aujourd'hui ?

Tout en dessanglant sa jument, la jeune fille hausse les épaules.

— Oh, Jonathan a toujours des tas d'idées…

Soudain, de joyeux éclats de voix retentissent : deux visiteurs sont en train d'arriver. Émie, depuis toujours a meilleure amie d'Annou, est accompagnée par Tao, leur copain de classe. Ils ont suivi, semaine après semaine, la construction du centre, bien décidés à en devenir les tout premiers élèves. Ils ont rencontré, dès leur recrutement, Jeanne, la monitrice, et Antoine, le palefrenier, qui s'occupent déjà de Nox et de Zack. Ceux-ci n'ont jamais été habitués à être montés par des inconnus, mais Jeanne a déjà commencé à leur apprendre les bases de leur nouveau métier. La mère d'Annou, Sidonie, a quitté son poste d'assistante de direction dans une entreprise de service à la personne pour prendre en main l'administration générale du centre.

Il est presque quinze heures quand Annou, Émie, Hippolyte et Tao mènent enfin Nox et Zack vers le pré. Pour cela, ils doivent remonter toute l'allée qui sépare les deux rangées de box encore vides. Dire que bientôt, ceux-ci accueilleront dix chevaux et dix poneys !

— Salut, la jeunesse ! s'exclame Jonathan en les voyant arriver.

Aujourd'hui, nous allons nous installer près du cerisier. Mais avant de commencer la première prise, on va laisser les chevaux déambuler un peu librement. Tim va les filmer : j'ai besoin d'un nouveau stock d'images pour la promo des prochaines émissions. Émie, tu voudras bien te tenir à côté de Nox, tout à l'heure ? Hippo, quand on te fera signe, tu nous rejoindras, sur le dos de Zack et tu sauteras à terre. OK ?

En entendant ces mots, Émie rougit un peu. Elle est depuis longtemps amoureuse du cousin de son amie, alors que, à son grand désespoir, lui semble à peine se rendre compte de son existence.

— D'accord, fait le jeune garçon. Je pourrais ajouter un petit effet avec les étriers, tu sais, façon cow-boy, et…

— Non, non, pas besoin. Tu fais juste ce que je te demande.

— Bon. Tu ne veux pas me dire quelle question tu me poseras ?

— Hé hé, non, tu sais bien que ça empêche la spontanéité !

— Pffff…

Quand le cameraman a terminé de filmer les chevaux qui broutent et s'ébrouent joyeusement, Annou appelle doucement Nox pour qu'elle s'approche. La jument lève les oreilles et arrive au trot. Depuis qu'elle travaille avec Jeanne, elle est beaucoup plus obéissante, même si elle a gardé son caractère farceur ! Elle s'immobilise près d'Émie, qui lui flatte l'encolure. Jonathan fait alors signe à Tim pour qu'il démarre l'enregistrement. Après avoir, face caméra et tout sourire, salué les spectateurs, il se tourne vers elle :

— Bonjour, Émie. Aujourd'hui, nous allons parler des émotions, des sentiments et de l'intelligence animale. Qu'est-ce que tu en penses ?

— Pour moi, la meilleure preuve que tout cela existe bien, c'est que Nox adore nous faire des blagues !

À cet instant, comme pour souligner les paroles de la jeune fille, la jument avance sa tête vers Jonathan et le pousse un peu du bout du nez.

— Ha ha, fait celui-ci, je vois ça ! Elle essaye de me piquer mon micro-cravate !

Il tapote un instant le chanfrein de l'animal, avant de reprendre :

— Tu as raison, Émie, le sens de l'humour est certainement la plus belle des preuves d'intelligence ! Quoi qu'il en soit, on a, depuis longtemps, pu vérifier que les bêtes ne sont… pas bêtes du tout, puisqu'elles réagissent consciemment à des situations particulières. Comme les humains, elles apprennent de leurs expériences, elles peuvent avoir des habitudes…

Au moment où le journaliste termine sa courte introduction, comme prévu, Hippolyte rejoint le petit groupe. Il saute à terre et cherche la caméra du regard pour lui offrir son meilleur profil.

– Dis-moi, lui demande le journaliste, est-ce que tu crois que les chevaux peuvent faire preuve d'empathie ?

– D'empa… quoi ? fait le jeune garçon, les yeux ronds.

– L'empathie, c'est le fait de savoir se mettre à la place de quelqu'un d'autre pour comprendre ce que cette personne ressent, explique gentiment Émie.

Piqué, Hippolyte se met à gémir en levant les bras au ciel :

– Ah, mais oui, mais non, mais ça ne va pas du tout ! Coupez ! Coupez ! Je ne veux pas passer pour une andouille à la télé !

Le cameraman arrête de filmer.

– OK, OK, on la refait, annonce Jonathan. On reprend au moment où tu approches…

Annou, appuyée à la barrière, a du mal à ne pas rire, mais soudain, elle se rappelle qu'elle avait promis à sa mère de lui donner un coup de main pour tester le site internet du centre, qui mis en ligne il y a un mois, s'est rapidement mis à dysfonctionner. Dès qu'on tentait de le consulter, on tombait sur des messages annonçant une erreur 404. Le technicien, qui a évoqué la possibilité d'une attaque malveillante, a apparemment réussi à régler tous les problèmes, mais une dernière vérification complète s'impose.

La jeune fille s'éloigne donc du pré pour se diriger vers le bureau. Elle y trouve Sidonie, au téléphone, les yeux fermés, sourcils froncés. Sans se rendre compte que quelqu'un vient de franchir la porte, elle soupire :

– Je vous le répète, monsieur, nous ne pouvons malheureusement rien faire pour vous… Le centre équestre va commencer à accueillir du public dans moins d'un mois ! Nous croulons tous sous le travail et les enjeux sont énormes… Je suis vraiment désolée.

Chapitre 2 :

noxetzack.com

Annou s'est assise dans l'un des deux grands fauteuils noirs qui font face au bureau. Pour dégager un peu de place devant elle, elle empile quelques dossiers de couleurs vives portant des étiquettes variées : Fournisseurs, Factures, Vétérinaire, Préinscriptions… tout en demandant :

— Qu'est-ce qui se passe ?

Sidonie croise les mains derrière son cou pour masser sa nuque :

– C'est la deuxième fois que ce monsieur Leclerc appelle ! Il habite Achicourt, et sa ponette a eu un accident lors d'un parcours d'obstacles. Elle a touché une barrière, est tombée et s'est cassé une jambe. Heureusement, la cavalière qui la montait n'a rien…

Annou a blêmi. Elle le sait : une telle fracture, généralement sans gravité pour un être humain, est l'une des choses les plus terribles qui puissent arriver à un cheval, puisque cette blessure lui est souvent fatale. Cela est dû à la finesse des membres de l'animal, comparée à sa taille et à son poids. On ne peut pas toujours opérer pour remettre l'os à sa place et consolider celui-ci avec une plaque en métal. Et même lorsque c'est le cas, il y a souvent de gros risques…

Sa mère reprend d'une voix douce :

— Rassure-toi : la fracture était nette et plutôt bien placée. On a pu lui poser un plâtre, qui a été retiré il y a une dizaine de jours.

— Ouf.

— La ponette semble donc guérie. Hélas, on ne pourra sans doute plus la monter et elle ne pourra probablement plus jamais courir aussi vite qu'avant.

— Ça ne l'empêchera pas d'être heureuse, si ?

— Eh bien, justement, c'est ça le problème. Depuis l'accident, elle a complètement changé de comportement. Elle semble déprimée, ne s'alimente plus correctement et, surtout, refuse de se laisser approcher par qui que ce soit. Ses propriétaires ont d'abord pensé qu'il faudrait juste être patients, que ce n'était qu'une question de temps… mais apparemment, ça ne s'arrange pas.

— Oh.

— Ils cherchent un endroit pour mettre la mettre en pension… Mais bien sûr, chez nous, c'est complètement impossible !

Impossible ? Annou se mord la lèvre… Le club *Nox et Zack* ouvre officiellement ses portes début août, et il y a encore tant de choses à préparer ! Tout le monde court partout, cherche ses marques, essaye de faire face au mieux aux diverses questions qui se posent au jour le jour. Depuis deux semaines déjà, Jeanne et Antoine, la monitrice d'équitation et le palefrenier, passent toute la journée sur place.

On attend justement aujourd'hui, en fin d'après-midi, l'arrivée des deux premiers chevaux qui rejoindront le centre ! Dans les prochains jours, ils seront rejoints par tous ceux qui deviendront leurs voisins de box : Beauty, Caramel, Falbala, Farfadet, Frimousse, Fusée, Gaston, Gigi, Grelot, Groseille, Iroquois, Isidore, Jacady, Joyeux, Jujube et Kiwi. La liste est affichée sur le mur, à côté de la fenêtre.

— C'est drôle, il n'y a que des noms qui commencent avec une lettre avant le L ! s'est exclamé Tao le jour où elle a été affichée là.

— En principe, on respecte la lettre initiale attribuée à leur année de naissance, a expliqué Sidonie. L'alphabet qu'on utilise en ce moment a commencé en 2010.

— Bien vu, ça ! On peut immédiatement savoir leur âge… Mais, euh… a ajouté Tao après un rapide calcul, Cela ne marche pas du tout pour Nox, elle n'est pas si vieille !

— Tu as raison. Et puis, Zack ne devrait en principe pas s'appeler comme ça, puisqu'on n'utilise que les lettres de A à V ! Il serait trop difficile de trouver des noms en W, X, Y ou Z…

— Ça veut dire que cette façon de nommer les animaux n'est pas absolument obligatoire.

— Non, sauf pour certaines races de chevaux ou pour les centres de reproduction…

Nox et Zack ne semblent pas avoir été le moins du monde perturbés ni par les travaux, ni par leur déménagement depuis la vieille écurie vers leur nouveau box, mais Annou se demande bien comment ils réagiront à l'arrivée de tout ce… troupeau ! En principe, cela devrait leur plaire… Depuis plus de 5 000 ans que l'homme et les chevaux sont amis, on a eu le temps de se rendre compte qu'ils aimaient la compagnie de leurs congénères. D'ailleurs, à l'état sauvage, ils vivent toujours en groupe !

Bienvenue au centre équestre !

Ils détestent la solitude, ont des relations sociales bien organisées, sont très joueurs et prennent même soin les uns des autres en se faisant une toilette mutuelle…

— Tu rêves, ma chérie ?

— Oups, pardon. Passe-moi le petit ordi portable, que je me connecte sur noxetzack.com ! Je vais explorer le site pour vérifier que tout fonctionne bien !

— Attention, la bonne adresse, c'est www.noxet zack.com.

— Ah oui.

Le site internet est illustré de nombreuses photos représentant bien sûr la jument noire et le hongre bai, ambassadeurs des lieux, mais aussi le cadre verdoyant et chacune des installations du tout nouveau centre équestre. On y trouve les coordonnées utiles, la présentation de l'équipe, les horaires d'ouverture, une description claire et intéressante des séances de découverte, des cours collectifs ou individuels et des stages thématiques qui seront proposés au public, sans

oublier les tarifs et un formulaire pour prendre rendez-vous en vue d'une inscription. Annou navigue entre les onglets, clique, zoome, re-clique… Pas le moindre bug à l'horizon : l'ensemble de l'arborescence est accessible.

— Mission accomplie, cheffe ! affirme la jeune fille en refermant l'ordinateur portable.

— Super. Aucun message d'erreur ?

— En fait, non.

— C'est donc que le problème a vraiment été réglé, tant mieux. C'était plutôt mauvais pour notre image, avant même l'ouverture, ce dysfonctionnement…

— Tu as encore besoin de moi pour quelque chose ?

— Non, tu peux y aller, merci pour ton aide.

Quelques instants plus tard, Annou a rejoint la prairie. Une fois la séquence dans la boîte, les journalistes sont repartis. Nox et Zack broutent tranquillement, sans prêter attention aux jeunes humains restés sur place. Ceux-ci, installés sur des couvertures étendues dans l'herbe, prennent tranquillement le soleil avec madame Frizon, qui s'est adossée à la barrière. Hippolyte est, comme souvent, le centre d'attraction. Il parle fort, torse bombé, tout en agitant les mains.

— … et dit devant tout le monde que j'avais une parfaite connaissance des animaux comme de la course, ainsi qu'une habileté exceptionnelle pour guider les chevaux, et que j'étais en outre un sportif accompli.

— Oooooh, soupire Émie, tellement admirative qu'elle a joint les mains sur ses genoux.

— Absolument. Ensuite, l'instructeur m'a dit : « Mon garçon, tu es de la graine de champion. C'est sûr, un jour, tu seras un grand jockey ! »

Tout en se laissant tomber à côté de sa meilleure amie – laquelle ne lui accorde pas le moindre regard, Annou, qui s'est rapprochée, lance à son cousin :

— Tu es sûr que c'est exactement ce qu'il a dit ?

L'adolescent fronce les sourcils.

— Tu me traiterais de menteur ?

— Pas du tout, pas du tout, c'est juste que la formule est… inhabituelle.

Le sourire de Tao est un tout petit peu féroce quand il renchérit :

— Ouais, inhabituelle, c'est exactement ce que j'étais en train de me dire !

Maintenant rouge comme une pivoine, Hippolyte gonfle ses joues en soufflant de l'air par ses narines. Cela lui donne une drôle de tête. Émie lève un index en l'air.

— Eh bien, moi, je le crois ! C'est sûr qu'il va devenir un…

— Un grand jockey ?! s'exclament Annou, Tao et madame Frizon, en chœur et en riant.

— Alors, pardon, mais je ne vois absolument pas ce qu'il y a de drôle… soupire Émie, les yeux au ciel.

C'est la vieille dame qui lui répond :

– En réalité, un jockey est obligatoirement petit de taille, et c'est aussi un vrai poids plume…

Tao ajoute :

– C'est drôlement logique, d'ailleurs : un cheval peut courir bien plus vite s'il ne porte pas quelqu'un de trop encombrant ou trop lourd sur son dos !

Hippolyte s'est détendu. Il sourit.

– Hé hé, un grand jockey… C'est bon, j'ai pigé. Effectivement, vous avez raison… Très précisément, pour avoir le droit de participer aux épreuves sur le plat, on ne doit pas mesurer plus d'un mètre cinquante-cinq, et on doit peser entre quarante-six et cinquante-quatre kilos ! Pour les courses d'obstacles, on doit faire entre un mètre soixante et un mètre soixante-dix, et on doit peser moins de soixante kilos…

— Hé, c'est exactement le contraire pour les sumos en Chine ! Ils doivent être le plus grands et le plus lourds possible, non ? s'amuse Annou, tout en se tournant vers Tao.

— Les sumos sont japonais, pas chinois, corrige ce dernier, mais j'ai lu quelque part que les lutteurs de la première division font en moyenne un mètre quatre-vingt-cinq pour cent soixante kilos…

La jeune fille n'entend pas la réponse à sa question : son sourire s'est brutalement effacé. L'image cocasse du duo composé d'un jockey et d'un sumo, qui l'amusait tant, a été remplacée dans son esprit par celle des affreux promoteurs qui avaient, l'année précédente, harcelé madame Frizon parce qu'ils voulaient construire un centre commercial à la place de sa propriété.

Personne ne remarque ce brusque changement d'humeur : tout le monde s'amuse maintenant du manège de Nox, qui glisse son nez sous les coins de la couverture sur laquelle ils sont tous assis. À croire que l'herbe là en-dessous est bien meilleure que celle qui pousse n'importe où ailleurs dans le pré ! À moins que ce soit encore une des petites blagues que la jument noire aime tant faire aux humains…

Chapitre 3 :

Une arrivée remarquée

Annoncée par un bruit de moteur, un van, dont le côté est décoré d'une fresque réaliste représentant un magnifique cheval blanc, presque grandeur nature, arrive au pas dans la grande allée qui traverse le domaine. Madame Frizon, toujours accoudée à la barrière du pré, commente :

— Eh bien, on dirait que les petits nouveaux arrivent !

— Ce doit être Curcuma et Billet-doux, si je ne me trompe… affirme Tao.

— C'est ça. Et comme ils ont été achetés à un autre centre équestre, renchérit Hippolyte, ils sont déjà bien dressés et ont l'habitude d'être montés par des apprentis cavaliers…

— Allons voir ça ! propose la vieille dame.

Et, d'un pas rapide, elle se dirige vers le portillon de la clôture. Elle a fière allure : en la voyant, personne ne se douterait qu'elle a récemment eu de gros soucis de santé.

Quelques instants plus tard, toute l'équipe a rejoint le bureau, le long duquel s'est garé le van. Sidonie, debout sur le seuil de la dépendance, est en grande discussion avec la conductrice, qui vient de descendre de son véhicule et supplie :

— … seulement pour un mois ! Mon mari s'est très mal exprimé, je vous assure ! Vous êtes notre dernier espoir, nous payerons un bon prix pour la pension de Baby et la reprendrons chez nous dès notre retour !

Annou a bien sûr immédiatement compris de quoi il s'agit. Les autres ouvrent tous des yeux ronds. On leur explique rapidement la situation. Quand Sidonie a fini de faire les présentations, elle pose sa main sur le bras de madame Leclerc :

— Après tout, puisque vous êtes là, autant montrer Baby à notre palefrenier et notre monitrice…

— On va les chercher ? propose Émie.

— D'accord.

Tandis qu'elle s'élance, Annou et Tao sur ses talons, Hippolyte, qui est resté près du van, se racle la gorge.

— Mon coach me dit que j'ai un vrai feeling avec les chevaux… Est-ce que je peux aller lui dire bonjour ? On ne sait jamais…

Sidonie fronce les sourcils, mais la dame, pleine d'espoir, va ouvrir la porte arrière de son véhicule. La ponette, debout sur une épaisse litière de paille, est attachée à un gros crochet fixé à la paroi avant de l'habitacle. Très fluette, elle se tient, prostrée, tout au fond, tête basse. Quand Hippolyte, en lui parlant doucement, fait un pas pour s'approcher, elle tourne la tête, refusant tout contact. Ses oreilles sont maintenant baissées vers l'arrière, ce qui est mauvais signe.

— Bon, d'accord, fait le futur jockey en renonçant.

— Si j'insiste, je vais vraiment l'énerver… Excusez-moi, je n'aurais pas dû…

— Ce n'est pas très grave, souffle doucement madame Leclerc.

Hélas, lorsque dix minutes plus tard, les autres reviennent, accompagnés par Jeanne et Antoine, la ponette ne se montre pas plus coopérante.

Sa propriétaire a maintenant des larmes plein les yeux. À force de refuser de se nourrir et de s'hydrater, Baby s'affaiblit de jour en jour... L'atmosphère est lourde. Sa propriétaire, sur le point de repartir, murmure :

— J'aurai au moins essayé...

C'est alors que madame Frizon, jusqu'ici restée en retrait et parfaitement silencieuse, s'approche d'elle.

— Accepteriez-vous de me laisser tenter ma chance ? J'aurais besoin d'être un peu seule avec votre ponette... Et elle ajoute, se tournant vers Sidonie : S'il te plaît, emmène donc tout le monde chez moi. La porte n'est pas verrouillée, il y a des jus de fruits au frigo, de quoi faire du thé, et la boîte en fer blanc est pleine de madeleines.

— Merci, murmure madame Leclerc, avec un pauvre sourire.

Une fois la petite troupe arrivée à la maison, tout le monde s'installe autour de la table de la cuisine. Annou sort des verres et des tasses, sa mère s'occupe du service. Après toutes ces émotions, une pause est bienvenue.

On parle de la prochaine ouverture du centre, des projets des uns et des autres, le temps passe vite et quand madame Leclerc regarde sa montre, une demi-heure s'est déjà écoulée !

— Allons voir ce qu'il en est, propose-t-elle, pleine d'espoir.

Tout le monde se lève d'un bond, ou presque.

— Tu viens, cousine ? lance Hippolyte

Annou sursaute, lève la tête du journal qu'elle est en train de lire, puis le replie pour le poser sur la toile cirée. Son cœur bat fort dans sa poitrine, mais elle ne dit rien aux autres et réussit même à sourire.

Quelques instants plus tard, en se retrouvant devant le bureau… il faut bien constater qu'il n'y a plus personne ! Non seulement madame Frizon a réussi à faire sortir Baby du van, mais elle l'a installée dans le box situé juste à côté de celui de Zack. Elle a ramené le hongre bai jusque chez lui pour qu'il fasse connaissance avec cette nouvelle voisine. Les deux animaux se regardent sans aucune agressivité, et même, on dirait, avec sympathie. De temps en temps, la ponette penche la tête vers le petit seau posé à ses pieds pour y prendre une bouchée de granulés.

Ce sont des larmes de joie qui font maintenant briller les yeux de sa propriétaire…

— Ça alors, comment avez-vous fait ? demande-t-elle.

— Ma chère, c'est mon petit secret, murmure la vieille dame. Quoi qu'il en soit, rassurez-vous : vous pouvez nous laisser Baby le temps nécessaire à votre déplacement professionnel.

— Vous pensez que ça va aller ?

— Oui, je crois.

— Je ne sais pas comment vous remercier.

Pendant que madame Leclerc va dire au revoir à sa ponette, Jeanne s'approche de madame Frizon pour lui glisser discrètement à l'oreille :

— Jacqueline, je ne suis pas sûre que la direction approuvera cette décision… Quoi qu'il en soit, c'est vous qui prendrez en charge ce cheval, et si son état de santé se détériore, je vous en tiendrai responsable.

— C'était bien ainsi que je l'entendais…

Quand le van s'éloigne, elle croise un autre véhicule, plus grand.

— Bon, ce coup-ci, ce sont sans aucun doute Curcuma et Billet-doux ! s'exclame Antoine.

Fort heureusement, les deux nouveaux arrivants sont parfaitement bien dressés. On les amène dans le paddock à l'écart du reste de la structure pour qu'ils puissent se désaltérer dans les grands abreuvoirs, brouter un peu

d'herbe fraîche et se dégourdir les jambes. Ce soir, ils découvriront leur nouvel habitat : on les installera au calme, dans les deux box situés à l'opposé de ceux déjà occupés par Nox, Zack et maintenant Baby.

— Quelle journée ! s'exclame Sidonie, le soir venu, en poussant la porte de la maison.

— Tu l'as dit ! répond sa fille.

— On se fait des croque-monsieur, pour le dîner ? Ça te va ?

— Hu-hum, pourquoi pas ?

C'est, depuis toujours et de très loin, le plat préféré d'Annou. D'habitude, elle saute de joie quand ils sont au menu… Sa mère s'inquiète.

— Quelque chose ne va pas ?

La jeune fille se laisse tomber sur le canapé du salon.

— Je suis K.-O.

— Hu-hum… Mais ce n'est pas seulement ça…

— Tu as raison.

— Alors ?

— Est-ce que tu as remarqué la tête de Jeanne, quand elle a compris que madame Frizon avait réussi à faire sortir la ponette et à l'installer dans un box ? Elle avait les narines et les lèvres toutes pincées !

— Tu crois qu'elle est vexée parce qu'elle n'a pas réussi à le faire elle-même ?

— Vexée ? Tu rigoles ! Elle était morte de jalousie, oui !

— Tu exagères, ma chérie. Franchement, moi, je n'ai rien remarqué…

Annou hoche le menton, mais elle tient toujours sa tête baissée.

— Quoi d'autre ? insiste sa mère, qui la connaît bien.

— En fait, j'ai vu quelque chose, tout à l'heure… Ça m'a un peu effrayée.

— Quoi donc ?

— Tu te rappelles les promoteurs qui voulaient acheter le terrain de madame Frizon ?

— Les frères Flahaut ? Évidemment !

— Quand on a pris un pot chez elle, le journal était posée sur la table…

— Et alors ?

— Alors, en première page, il y avait un article qui disait que leur entreprise va très mal depuis plusieurs mois, qu'ils sont même au bord de la faillite !

— Mais cela ne nous concerne en rien…

Annou réfléchit à voix haute :

— Pas directement, non, mais quand même, on les a empêchés de réaliser un gros projet immobilier… Et puis, le jour de la fête, le maire les a un peu humiliés devant tout le monde… En fait, j'ai peur qu'ils essayent de causer du tort au centre ou à madame Frizon ! Ils pourraient bien avoir envie de se venger… Et le pire, c'est que j'ai eu comme un pressentiment, cet après-midi !

Sidonie secoue la tête, les sourcils froncés.

— Les frères Flahaut ont certainement autre chose à faire que venir nous pourrir l'existence, tu ne crois pas ? Mais si cela te rassure, je te le promets, j'ouvrirai l'œil.

— Merci, Maman…

— Allez, sors-moi le jambon et le gruyère du frigo, veux-tu ?

Chapitre 4 :

Le premier cours d'équitation

Le lendemain, les quatre amis ont rendez-vous avec Jeanne, qui veut faire travailler ensemble Nox, Zack, Billet-doux et Curcuma et a proposé d'organiser le premier vrai cours d'équitation au centre pour Annou, Hippolyte, Émie et Tao.

Ces derniers se retrouvent à treize heures devant le portail.

– Premier vrai cours d'équitation, premier vrai cours d'équitation… C'est surtout le premier vrai cours d'équitation pour Nox et Zack ! s'amuse Hippolyte en donnant un coup de coude à sa cousine.

– Euh, répond celle-ci, je te signale que même si je sais monter, moi, je n'en ai jamais pris ! Et c'est aussi une vraie première fois pour Émie et Tao !

Ceux-ci, un peu en retrait, leur bombe toute neuve à la main, se lancent un petit coup d'œil discret. Ils tâchent de ne pas le montrer, mais ils sont impressionnés à l'idée de grimper, pour la première fois, sur le dos d'un cheval. Au cours des derniers mois, ils ont souvent eu l'occasion de le faire en compagnie de leurs amis, mais ils ont, à chaque fois, tous les deux trouvé d'excellentes excuses pour cacher le fait qu'ils avaient… un peu peur.

– Alors, prêt à te lancer ? demande Annou en se tournant vers Tao.

– Prêt ! s'exclame-t-il, bombant le torse avec l'espoir d'impressionner Émie… qui ne remarque rien.

Ils se dirigent d'un même pas vers les rangées de box, où Jeanne les attend. En grande professionnelle, Jeanne a inscrit, sur le grand tableau d'ardoise prévu à cet effet, le nom du cheval attribué à chacun des jeunes cavaliers.

— Comment va Baby ? demande Hippolyte, juste après avoir salué la monitrice.

— Très bien. Elle a passé une bonne nuit, et ce matin, elle ne s'est pas trop énervée. Ni quand Antoine lui a apporté sa nourriture, ni quand je l'ai menée au pré…

— C'est quand même incroyable, vous avez vu comment madame Frizon a réussi à la calmer ! s'exclame Émie avec un grand sourire. Elle est trop forte !

Annou s'est figée. Comment la monitrice va-t-elle réagir à cette innocente remarque ? Jeanne hausse les épaules, avec une petite moue.

— Je crois surtout que cette pauvre bête a été terriblement stressée par ses propriétaires, eux-mêmes traumatisés par sa chute… Il fallait vite qu'elle quitte l'endroit où elle vivait, chargé de souvenirs négatifs… Crois-moi, c'est sans doute le changement de lieu qui a été bénéfique.

Manifestement peu disposée à discuter de ce qui s'est passé la veille, la jeune femme enchaîne ensuite avec des explications techniques. Avant chaque cours proprement dit, il y a toute une procédure à suivre. Le cavalier doit aller saluer sa monture, entrer dans son box, lui passer un licol et l'attacher gentiment dans l'allée, où il pourra la brosser. Une fois que la bête a été bien étrillée et bouchonnée, il faut encore lui curer les pieds. Ce n'est qu'après cela qu'on pourra installer le tapis de selle, puis la selle sur son dos. Elle sera tout à fait prête quand on l'aura sanglé et remplacé le licol par le filet, ce dispositif qui comprend le mors et les rênes.

– Ouh là, ça doit prendre du temps, de faire tout ça ! s'exclame Tao.

Jeanne sourit.

– Oui, bien sûr, mais ce moment où l'humain et l'animal se retrouvent un peu avant de commencer à travailler est très important. Il crée des liens… Cela n'a peut-être l'air de rien, mais les modestes tâches que tu effectueras te garantiront une vraie relation de confiance avec ta monture.

– Je comprends. Confucius a dit : « Celui qui déplace la montagne, c'est celui qui commence à enlever les petites pierres. »

Se tournant vers les deux cousins, la monitrice poursuit :

– Annou, tu aides Émie, Hippo, tu aides Tao ?

Annou et Hippolyte préparent leurs amis à cet instant précis depuis des semaines. Ils leur ont donné des tas de petits cours théoriques, mais maintenant, sur le terrain, ce n'est pas si facile ! Émie est entrée sans problème dans le box, puis a salué la jument noire, qui la connaît depuis longtemps et l'aime beaucoup. Hélas, pas moyen de lui faire ouvrir la bouche pour y placer le mors !

— Regarde, explique Annou, un cheval n'a de dents qu'à l'avant de la mâchoire ! Alors, on peut toujours le convaincre de coopérer en glissant le doigt ici, à la commissure des lèvres. Aucun risque de se faire mordre, puisqu'il n'y a là… que de la gencive ! Et hop : ni vu ni connu ! Vas-y.

Pleine de bonne volonté, Émie s'exécute… avant de retirer sa main vivement en s'exclamant :

— Hééée ! J'ai les doigts pleins de bave de cheval ! C'est… tout gluant !

— Bienvenue dans la vraie vie ! s'exclame Annou en riant.

Pendant ce temps, devant le box voisin, Tao s'affole.

— Comment est-ce qu'on mesure la bonne longueur pour les étriers, déjà ?

— À ce stade, c'est juste un premier réglage, alors pas de panique, le rassure Hippolyte. Il y a plusieurs techniques, mais moi, j'aime bien celle-là : d'abord,

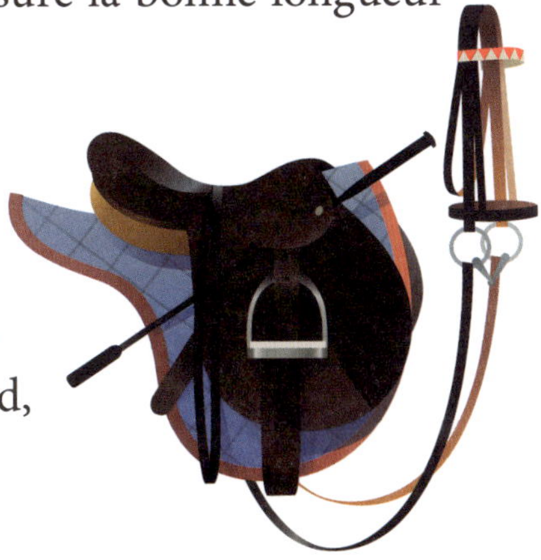

tu places l'extrémité de tes doigts au niveau du siège, juste à l'endroit où l'étrivière est fixée à la selle...

— C'est quoi, les trivières ?

— L'étrivière, c'est cette lanière, au bout de laquelle est attaché l'étrier. Si celui-ci arrive juste sous ton aisselle, la longueur est à peu près bonne.

Plus vite dit que fait... Et bientôt, un autre problème se pose !

— J'arrive pas à sangler... soupire maintenant Tao. Impossible d'attraper cette fichue lanière, de l'autre côté du ventre de Zack !

— C'est pas une lanière, c'est une sangle. Bon, pose ta main sur l'omelette : comme ça, tu pourras t'y appuyer et ne pas perdre l'équilibre...

— L'omelette... Voilà autre chose !

Enfin, les montures sont prêtes ! Les jeunes cavaliers, à la queue leu leu, amènent leur cheval jusqu'au manège, le grand espace couvert où se dérouleront les leçons. Jeanne vient de finir d'asperger d'eau le sable qui recouvre le sol, afin d'éviter la poussière. Les quatre amis se regroupent ensuite au centre, dans la zone de sécurité, où la monitrice les attend.

Elle leur rappelle pour commencer qu'il faut ajuster correctement sa bombe sur sa tête ! Elle vérifie que les harnais sont bien bouclés, puis explique aux débutants la meilleure façon de procéder. Hilares, Émie et Tao suivent ses recommandations : penchés en avant, ils remuent la tête dans tous les sens… et c'est parfait, leur casque reste bien en place ! Enfin, de nouveau droits comme des I, ils doivent faire très vite oui-oui-oui et non-non-non en secouant la tête d'avant en arrière, puis de gauche à droite… Comme ils sentent leur cuir chevelu bouger, tout va bien !

— Hi hi hi, c'est de la bombe ! souffle Émie, en jetant un œil vers Hippolyte, mais cela ne le fait pas sourire.

Il faut ensuite enfourcher l'animal. Pour préserver le dos du cheval, on prend appui sur un tabouret et la main sur le pommeau de la selle, on va placer le pied gauche dans l'étrier, puis tendre le genou pour se propulser vers le haut, tout en lançant souplement la jambe droite par-dessus le dos de la bête… L'idée étant d'atterrir, tout en douceur, à califourchon dessus !

Perché sur le dos de Zack, qui mesure un bon mètre soixante au garrot, Tao grommelle entre ses dents :

— Pas très confortable… et drôlement haut…

— Tu verras, tu vas t'habituer ! le rassure Annou.

Jeanne rappelle alors quelques bases de l'équitation : afin que la position soit la plus agréable possible, il faut tâcher de faire corps avec l'animal. On doit rester souple, détendre les épaules et veiller à bien placer les jambes le long des flancs de la monture… Ensuite, après avoir effectué les tout derniers réglages, le cavalier pourra la faire avancer. Pour cela, il suffira de lui donner un petit coup de talons dans les flancs. Si on veut aller à gauche, on tirera la rêne gauche. Pour aller vers la droite, on tirera celle de droite. En théorie, c'est drôlement simple !

Tao est tellement concentré qu'il a le visage tout crispé, mais quand il se rend compte qu'Émie regarde dans sa direction, il redresse la tête et tâche de prendre l'air décontracté. Les deux débutants échangent un petit sourire complice, sourcils haussés.

Bientôt, les quatre cavaliers commencent à évoluer, plus ou moins à la file indienne, plus ou moins en rond et plus ou moins au pas dans le manège.

— Il y a trois allures principales, rappelle Jeanne, le pas, le trot et le galop. Un cheval au pas fait à peu près du six ou sept kilomètres à l'heure. Au trot, on est entre treize et dix-neuf. Au galop, on atteindra les trente kilomètres à l'heure ! Tu rêves, Tao ? Attention, à cheval, il faut toujours rester attentif, car une chute, peu importe la vitesse à laquelle on va, peut être très grave…

Les jours suivants, les apprentis cavaliers enchaînent les heures de cours pour habituer les chevaux et les poneys, qui arrivent les uns après les autres au centre. Tout le monde, bon cavalier ou non, est mis à contribution : madame Frizon, Antoine et Sidonie – grande débutante – sont souvent accompagnés par Jonathan, qui a fait de l'équitation quand il était petit. Émie et Tao, au bout d'une semaine de pratique intensive, sont déjà beaucoup plus à l'aise.

Pendant ce temps, et jour après jour, la ponette, objet de soins constants de la part de madame Frizon, fait elle aussi des progrès étonnants : elle se nourrit mieux et a même commencé à reprendre des forces. Son humeur est nettement moins sombre et son poil plus luisant. Jeanne, très impressionnée par les résultats obtenus par Jacqueline, s'est réconciliée avec elle, le vétérinaire est très optimiste et madame Leclerc, qui appelle quotidiennement pour prendre des nouvelles de Baby, est enchantée.

Chapitre 5 :

On a eu chaud !

Le mois d'août approche. Jonathan a annoncé la date de l'ouverture du club *Nox et Zack* au journal télévisé. Les mascottes, que beaucoup de gens voudront certainement voir, ont bien entendu été installées dans leur prairie. Les autres chevaux et les poneys sont pour leur part répartis à l'extérieur, dans plusieurs paddocks, ou tranquillement dans leur box.

Même si Baby va de mieux en mieux, Jeanne a estimé qu'il valait mieux lui éviter trop d'émotions. Pour qu'elle puisse rester à l'écart de l'agitation, la ponette a été menée dans l'ancienne écurie à côté de la maison. L'endroit est vide depuis que ses précédents occupants ont rejoint leur box flambant neuf : le palefrenier a donc versé de l'eau fraîche dans l'abreuvoir, rempli le filet de foin et déposé à portée de bouche un bac plein de granulés. Madame Frizon est passée, elle aussi, juste après le départ d'Antoine. Elle est restée longtemps assise sur le petit tabouret avec la ponette, lui offrant, dans le plat de sa main, des quartiers de pommes bien juteuses et pleines de vitamines. Ensuite, pour lui permettre de profiter de l'air frais, elle a ouvert le grand volet de bois. Celui-ci occulte une ouverture par laquelle l'animal pourra passer la tête, s'il lui prend l'envie d'observer ce qui se passe dans les champs voisins.

C'est une journée importante pour le club : la fréquentation du lieu et, surtout, le nombre des premières inscriptions aux cours confirmeront que sa création était – ou non – pertinente.

Tout est prêt pour accueillir les visiteurs, qu'on espère aussi nombreux que quelques mois plus tôt, lors de la formidable journée portes ouvertes grâce à laquelle le centre équestre a pu ouvrir. La seule ombre au tableau est que le site Internet a recommencé à dysfonctionner, mais on s'occupera de cela plus tard.

Depuis plusieurs heures, des enfants et des adolescents accompagnés de leurs parents, mais aussi de nombreux adultes, sont arrivés. Ils peuvent discuter avec Sidonie, Antoine et Jeanne – qui a refusé l'aide proposée par madame Frizon. Annou, Émie, Hippolyte et Tao ont été chargés d'orienter les visiteurs et de veiller à ce que les plus jeunes d'entre eux ne courent pas partout. Monsieur le maire aurait bien aimé faire un saut pour dire bonjour, mais il est retenu par ses obligations.

Les filles, installées près de l'entrée pour accueillir les visiteurs et les orienter, voient bientôt arriver une famille :

le père marche aux côtés d'un garçon sensiblement de leur âge. Son visage est fermé, sa mâchoire serrée, ses sourcils froncés. Il avance difficilement, en prenant appui sur des béquilles, la jambe gauche est plâtrée depuis le talon jusqu'au-dessus du genou. Sa mère et son cadet suivent, un peu plus loin. Ils se chamaillent pour un gros paquet de bonbons.

— Bonjour, dit Émie. Bienvenue !

L'homme hoche aimablement la tête, mais le garçon ne répond pas. Annou cherche son regard et insiste :

— Moi aussi, j'ai eu un plâtre, l'an dernier, quand je suis tombée d'un arbre… Qu'est-ce qui t'est arrivé ?

Il détourne les yeux, manœuvrant même pour lui tourner le dos. Son père fait une petite grimace désolée en levant les yeux au ciel, tandis que son jeune frère explique :

— Loïc est tombé en VTT… Il a voulu sauter une grosse bosse, et paf !

— Enfin, ne parle pas comme ça ! le gronde son père,

qui poursuit : Il a beaucoup souffert… Une vilaine fracture ouverte… Aujourd'hui, c'est sa première sortie.

Le garçon aux béquilles rouspète à voix basse, mais évidemment, chacun fait semblant de ne pas l'avoir entendu, et le petit groupe s'éloigne vers les rangées de box. Là-bas, sous la surveillance d'Antoine, d'autres visiteurs se promènent, s'arrêtant ici ou là pour admirer chevaux et poneys. Le plus impressionnant de tous est sans conteste Gaston, un frizon noir qui mesure presque un mètre soixante-quinze au garrot ! La plus sociable, Gigi, une jument pommelée, penche la tête avec curiosité pour regarder tous ces humains passer devant elle. Iroquois, le petit poney shetland à la crinière incroyablement fournie, est certainement le plus attendrissant : on dirait une miniature ! C'est lui que les très jeunes cavaliers pourront monter.

Il fait très beau et tout se passe bien. En quittant les box, les visiteurs vont saluer Nox et Zack. Certains s'attardent pour prendre des selfies avec les mascottes, d'autres poursuivent leur balade en allant admirer les autres chevaux qui baguenaudent dans les différents enclos. Plusieurs parents, charmés par la beauté de l'endroit et l'enthousiasme des professionnels, en profitent pour inscrire leurs enfants aux cours d'équitation, et Sidonie voit avec satisfaction la liste des futurs élèves s'allonger. Ils repartent ravis, laissant la place à d'autres, qui arrivent.

Soudain, un petit coup de vent fait sursauter Annou.

— Qu'est-ce que tu as ? demande son amie.

— J'ai comme l'impression que quelque chose ne va pas.

— Quoi ?

— Je ne sais pas… Je crois qu'on devrait aller jeter un œil par là-bas…

— Mais enfin, de quoi tu parles ?

— Tu ne trouves pas que ça sent bizarre ?

— Non… C'est peut-être le tas de fumier, là-bas, qui…

Annou lève la main pour la faire taire et s'immobilise pour mieux humer l'air… Mais si, c'est bien ça : il flotte dans l'air comme une odeur de brûlé ! Elle attrape Émie par la main et l'entraîne : quelques instants plus tard, elles sont derrière la maison de madame Frizon, tout près du hangar à moitié caché par la plus grande des dépendances. C'est là que l'on stocke la paille servant de litière aux animaux. Apparemment, personne ne s'est rendu compte de rien, mais de la fumée s'échappe d'un monticule de paille compressée d'un mètre soixante de haut.

— Il faut appeler les pompiers ! s'exclame Émie. C'est le 17, je crois… Euh, non, pardon, le 18 ! Le 17, c'est la police…

— Nous n'appellerons ni les uns, ni l'autre, répond une voix ferme. Poussez-vous, les filles, je vais avoir besoin d'un peu d'espace…

C'est madame Frizon, qui arrive, traînant derrière elle son énorme tuyau d'arrosage : elle libère le jet d'eau et se met à asperger l'immense botte de foin jusqu'à ce que celle-ci soit complètement imbibée d'eau. Après quoi, elle rajuste ses lunettes sur son nez tout en grommelant entre ses dents :

— Heureusement que la paille compressée se consume doucement... Il y avait pourtant un réel risque d'incendie !

La vieille dame jette un coup d'œil atour d'elles. Au loin, les visiteurs, restés près des box, du manège et de la carrière, n'ont rien remarqué : ils continuent à déambuler tranquillement. S'approchant d'Annou et Émie, elle prend soudain un air de conspiratrice.

— Bon, les filles, inutile de parler de cela à qui que ce soit. En tout cas, pas maintenant : on risquerait d'inquiéter les gens pour rien, et ce n'est vraiment pas le moment. Venez avec moi.

Tandis qu'elles retournent sur leurs pas pour remettre le tuyau à sa place, madame Frizon leur explique que, chagrinée d'avoir été repoussée par Jeanne, elle avait décidé de se changer les idées en s'occupant un peu de son potager, situé non loin de la grange. C'est là qu'elle avait entendu, venant de cette direction, une série d'éternuements terribles, suivie de paroles rageuses étouffées, comme si deux hommes étaient en train de se disputer tout en tâchant d'être discrets. Les visiteurs n'étant pas supposés venir sur cette parcelle de terrain, elle s'était approchée sur la pointe des pieds.

— Bien sûr, le temps que j'arrive, il n'y avait plus personne, mais la paille était bel et bien en train de prendre feu…

— Heureusement que l'incendie n'a pas atteint le bidon d'essence juste à côté ! soupire Émie.

— Quel bidon ? Il y avait un bidon ? demande madame Frizon, soudain blême.

— Eh ben, euh, je crois, oui… répond Émie.

— Mais qu'est-ce que c'est que cette histoire ? s'exclame la vieille dame en portant ses mains à sa bouche.

— Si ça se trouve, j'ai mal vu, mais…

— Il faut aller vérifier cela, et en vitesse.

Mais juste à cet instant, Hippolyte les rejoint, tout essoufflé et l'air inquiet.

— Vous n'avez pas vu un garçon avec une jambe dans le plâtre et des béquilles ?

Émie essaye de prendre un air naturel pour répondre :

— Si, je l'ai vu arriver avec ses parents et son frère, tout à l'heure… Il s'appelle Loïc, je crois.

— Voilà, c'est ça. Eh bien, on le cherche partout !

— Ce garçon aurait donc… disparu ? s'enquiert madame Frizon en haussant les sourcils.

Chapitre 6 :

Un talent secret

Hippolyte fait un rapide résumé de la situation à madame Frizon et aux filles : après avoir annoncé à ses parents qu'il était fatigué, Loïc s'était installé sur l'un des gros troncs d'arbres servant de bancs un peu partout sur le site. Il avait déclaré qu'il resterait à cet endroit le temps que le reste de la famille ait fini sa promenade. Ses parents et son frère, fatigués par sa mauvaise volonté évidente, l'avaient donc laissé pour partir visiter les lieux et chercher des renseignements. Le petit a envie de commencer l'équitation et ils voulaient savoir à partir de quel âge c'est possible.

— Et quand les autres sont revenus, il n'était plus là… devine Annou.

— C'est ça.

— Il n'a pourtant pas pu aller bien loin… Il avait vraiment du mal à avancer avec ses béquilles… murmure Émie.

Tout le personnel et presque tous les visiteurs, maintenant dispersés sur la propriété, explorent les alentours tout en appelant le disparu. Il n'est ni au club-house, ni aux toilettes, évidemment les premier endroits où on l'a cherché. On a ensuite vérifié le manège et les abords de la carrière. Les personnes qui s'étaient arrêtées pour admirer Nox et Zack ou les autres chevaux installés dehors n'ont rien vu, elles non plus. Pas davantage de trace de Loïc dans la sellerie, ni dans la dépendance qui sert de bureau.

Son père se tord les mains.

— Je savais bien qu'il ne fallait pas le laisser tout seul... gémit-il en se tournant vers sa femme.

— Enfin, ce n'est plus un bébé ! Il doit bien être quelque part. Moi, je te dis qu'il s'est caché, juste pour nous faire enrager. Il est infernal, depuis qu'on lui a posé ce plâtre ! répond-elle en haussant les épaules.

— Peut-être que le loup est venu le prendre pour le manger, et c'est bien fait, commente son petit frère.

Soudain, Annou a une idée. Le garçon aurait-il gagné la propriété de madame Frizon ? Après la vente de la quasi-totalité de son terrain, au moment de l'aménagement du futur centre équestre, on a planté des arbustes pour délimiter le pourtour de la maison, son potager et l'ancienne écurie. D'ici peu de temps, les troènes formeront une véritable haie, le long de laquelle on installera un ou deux portillons, mais pour l'instant, n'importe qui peut les franchir sans aucun problème.

La jeune fille revient rapidement sur ses pas. La maison est fermée et il n'y a personne dans le jardin,

hormis les poules, qui ne lèvent même pas la tête à son approche. Autant en profiter pour aller jeter un œil à Baby... mais en arrivant à l'écurie, Annou sursaute ! La porte est entrebâillée ! Dans son esprit, les idées s'emballent. Les frères Flahaut auraient-ils provoqué le début d'incendie pour faire diversion et leur permettre de s'emparer de la ponette ? Mais non, cela n'aurait pas de sens ! Si certains chevaux, qui ont une valeur inestimable, pourraient bien être échangés contre une rançon, ce n'est sans doute pas le cas de cette ponette...

Le cœur battant, la jeune fille s'approche sur la pointe des pieds, puis glisse un regard à l'intérieur... Elle découvre Loïc, assis sur le petit tabouret en bois, sa jambe étendue devant lui, absolument radieux. Baby, tout près de lui, frotte sa tête contre la sienne.

— Ça alors ! s'exclame Annou. Mais qu'est-ce que tu fais ici ? Tu sais que tout le monde te cherche ?!

Il grimace.

— Aïe. La vérité, c'est qu'au bout d'un moment, j'ai commencé à m'ennuyer, assis là sur mon tronc. Mais je n'avais pas envie de rejoindre ma famille. J'avais mal à la jambe, et puis ils me… fatiguent parfois.

— Hu-hum… Sympa pour eux…

— Tu n'imagines même pas ! Mon père est pire qu'une mère poule et ma mère s'applique du matin au soir à ne jamais rien prendre au sérieux. Mais bon, il faut bien que j'aille les retrouver…

Annou a baissé les yeux. Elle serait prête à tout pardonner à son père, si seulement il était encore en vie. Heureusement, depuis quelque temps, Sidonie est moins triste qu'avant. Son nouveau travail lui fait du bien, et on dirait bien que Jonathan et elle sont plus que de simples amis… La voix du garçon, maintenant debout, ses béquilles en main, la tire de ses pensées :

— Pourquoi il n'est pas avec les autres, celui-là ? demande-t-il en désignant Baby de la tête, avant de continuer : Je me sens mieux, après avoir passé un moment avec lui. Je ne sais pas… C'était comme s'il comprenait parfaitement ce que je ressentais, et je t'assure qu'il a même un peu soulagé ma douleur !

Elle sourit :

– C'est une fille… Elle s'appelle Baby, et il n'y a pas si longtemps, cette ponette était plâtrée, comme toi… C'est drôle, ce que tu dis, on dirait qu'elle a voulu te consoler. Te redonner le sourire en même temps que du courage… Mais comment es-tu arrivé jusqu'ici ? On est chez madame Frizon…

– J'avais envie d'être seul, alors je suis allé jusqu'au grand grillage de l'enceinte, pour le longer… Je suis passé entre les troènes sans vraiment faire attention. Je ne pensais pas que j'entrais dans une propriété privée ! Mais quand je suis arrivé derrière la maison, j'ai vu le jardin et l'écurie, puis cette ponette, comme tu dis…

Loïc s'interrompt pour froncer le nez. Puis il prend une grande inspiration et poursuit :

– Eh bien, tu le crois, ça, que cette ponette, elle s'est mise à m'appeler ?

— À t'appeler ?!

— À m'appeler. C'est vrai ! Elle a passé sa tête par cette fenêtre, elle me regardait, comme ça, en poussant des petits hennissements. Alors, je suis allé la voir. Voilà.

— En tout cas, apparemment, ça t'a plutôt fait du bien…

— Carrément.

Quand ils arrivent dans l'allée centrale du domaine, son père se précipite vers lui pour le serrer dans ses bras.

— Arrête, Papa, on nous regarde ! grogne-t-il en se dégageant, pour se tourner vers son frère : Alors, chouchou, c'est bon ? Tu vas commencer l'équitation ?

— Ouiiii ! On peut apprendre à partir de quatre ans ! Et j'en ai bientôt six ! Alors, bien sûr que oui, je suis inscrit !

— Bon, soupire sa mère, je ne voudrais pas vous presser, les chéris, mais j'ai rendez-vous chez le coiffeur dans moins d'une heure, alors si on pouvait y aller, ce serait gentil.

Loïc se retourne vers Annou.

— Du coup, on va se revoir… lui glisse-t-il.

— Cool.

Le garçon plâtré est bien plus à l'aise avec ses béquilles qu'à l'arrivée. Il a presque atteint le grand portail menant au parking quand il se retourne pour faire un signe de la main. Soudain, Annou, comme piquée par une guêpe, se met à courir vers lui, sous l'œil ébahi d'Émie, Hippolyte et Tao.

Quand elle le rejoint, il est en train de s'installer, en grimaçant, à l'arrière de la voiture de ses parents. Ce n'est pas facile de caser son plâtre derrière le dossier du siège avant. Elle s'approche et lui demande, le souffle court :

— Dis donc, quand tu t'es promené, du côté de l'écurie, tu n'aurais pas vu deux individus louches traîner dans les parages ? Un petit maigrichon et un grand costaud ?

Il se gratte le bout du nez en plissant les yeux.

— Ben, si, justement, même qu'ils m'ont fait penser à Astérix et Obélix, mais en beaucoup moins sympas…

— Je t'en prie, dis-moi tout ! Où ils étaient, ce qu'ils faisaient…

La mère de Loïc, installée sur le siège du conducteur, secoue ses boucles brunes en roulant des yeux de façon comique.

— Les enfants, les enfants, je suis déjà en retard ! Si j'ai l'air d'une sorcière toute la semaine prochaine, ce sera votre faute !

Son fils tapote le haut du siège devant lui.

— Papa, s'il te plaît, donne-moi vite un bout de papier et un crayon ! Il y en a dans la boîte à gants ! Après, on pourra partir.

Il griffonne rapidement un numéro qu'il tend à Annou, tout en lui disant :

— Appelle-moi ce soir, à sept heures et demie !

Et puis la voiture s'en va, dans un crissement de pneus.

Chapitre 7 :

Soirée de folie

— Encore des légumes ! grogne Annou en patouillant du bout de la fourchette dans la grosse louche de ratatouille que Jonathan a déposée devant elle.

— Ma chère, on ne peut tout simplement pas se nourrir exclusivement de croque-monsieur ! répond-il, l'air faussement offensé.

— Alors, moi, j'adooooore la ratatouille ! minaude Sidonie. Et avec des œufs sur le plat bien mœlleux, comme ça, c'est tout simplement divin. Un grand bravo pour le cuistot !

À ces mots, le journaliste, qui a, lui aussi, vidé son assiette, tamponne sa bouche avec sa serviette, la pose sur la table, recule un peu sa chaise et se lève. Affichant son sourire « spécial caméra », il incline légèrement le buste en avant, la main droite sur le cœur, pour déclarer :

— Et moi, j'adooooore te faire plaisir.

— Hu hu hu ! fait Sidonie, qui bat des cils d'un air ravi.

Annou fronce son nez. Il est sept heures vingt et une : dans moins de dix minutes, elle devra s'éclipser sous un prétexte quelconque pour appeler Loïc, et elle a l'impression d'être une vraie pile électrique. Cela fait plusieurs semaines qu'elle se retient, mais là, tout en tambourinant des doigts sur sa serviette toujours pliée, elle s'exclame :

— Vous me prenez vraiment pour une nouille, hein ?! Vous croyez que je n'ai pas remarqué que vous êtes amoureux, tous les deux ?!

Deux paires d'yeux grands ouverts se tournent vers elle pour la fixer.

– Eh bien, euh, hum… articule un peu sottement Jonathan, qui habituellement maîtrise comme personne l'art de la réplique.

– Justement, dit Sidonie en posant sa main sur celle de sa fille, nous voulions t'en parler bientôt. Et te demander aussi si tu aimerais que nous soyons de nouveau trois, à la maison.

C'est bizarre : Annou se sent tout à coup détentrice d'un très grand pouvoir. Voilà que deux adultes sont suspendus à ses lèvres, attendant sa réaction, et même bien plus : espérant sa bénédiction ! Cela ne lui était jamais arrivé, et cela risque de ne plus arriver avant longtemps… Un instant, elle est tentée de leur faire une mauvaise blague, de se mettre à pleurer, que c'est une perspective insupportable pour elle, que si c'est comme ça, elle ira vivre avec madame Frizon, ou mieux encore, dans un box inoccupé du centre équestre, tout près de Nox… Mais elle se ravise vite. Franchement, Jonathan

Loisot sera le plus merveilleux des beaux-pères qu'on pourrait espérer. Et depuis qu'elle le connaît, Sidonie, tellement marquée par la disparition de son mari, a vraiment retrouvé le goût de vivre.

Sans un mot, mais le cœur battant la chamade, la jeune fille se dirige vers le réfrigérateur, dont elle ouvre la porte. Une bouteille y attend son heure depuis plusieurs mois : elle a été offerte par Cyrille Delpierre, le maire de Guidou-les-Mitaines, en personne, le jour où Sidonie a réussi l'examen lui permettant d'être recrutée pour administrer le futur centre équestre.

Une fois le champagne posé sur la table, Jonathan saute sur ses pieds, tout en demandant :

— Chérie, tu as des coupes, quelque part ?

— Bien sûr, mon amour : elles sont dans le buffet, sur l'étagère du haut…

Ça y est. Une page vient de se tourner. Les yeux d'Annou se remplissent de larmes en pensant à son père, à ce stupide accident de voiture qui l'a tué quatre ans plus tôt. Mais son père est mort. Il ne reviendra plus jamais. La vie continue. Sidonie prend sa fille dans ses bras.

— Ça va, ma chérie ?

— Oui. Ça va. Je suis contente.

— C'est vrai ?

— C'est vrai.

— Promis ?

— Promis.

Mais tout à coup, Annou éclate en sanglots. Ce sont des larmes de chagrin, de fatigue – la journée a été si longue ! – de soulagement, aussi, et de bonheur… Tout cela mêlé ! En s'en rendant compte, elle se met à rire, et le résultat de cette tempête d'émotions est assez étonnant. Mère et fille restent enlacées un long moment, regardant Jonathan disposer cérémonieusement les coupes sur la table et entreprendre de déboucher la bouteille de champagne… jusqu'à ce qu'Annou sursaute. Elle jette un coup d'œil sur sa montre : il est sept heures et trente-quatre minutes !

Elle s'essuie rapidement le visage avec la paume de ses mains et s'exclame :

— Excusez-moi, j'ai quelque chose de très urgent et de très important à faire ! Je reviens très vite !

Elle gravit l'escalier menant à l'étage quatre à quatre, se jette à plat ventre sur son lit, attrape le petit papier tout froissé au fond de la poche de son pantalon et appelle le numéro donné par Loïc. Première sonnerie. Deuxième sonnerie. Troisième sonnerie. Quatrième sonnerie. Déclic. Bip-bip. Une seconde de silence, et puis :

— Salut, c'est Loïc ! Pas de chance, je ne peux pas te répondre ! Mais si tu me laisses un…

À peine a-t-elle raccroché rageusement que le numéro du garçon s'affiche sur son écran.

— Allô ?

— Salut, Annou, pas décroché assez vite… Mon téléphone était à l'autre bout de la pièce, et avec ces béquilles…

C'est bien lui.

— Trop sympa de me rappeler, merci !

— Hum. Alors, c'est quoi, cette histoire, avec les deux bonshommes ? Qu'est-ce que tu voulais savoir, exactement, de tellement important ?

— Je vais tout t'expliquer…

Quelques minutes plus tard, Annou redescend à la cuisine.

Les deux amoureux ont débarrassé la table. Les yeux dans les yeux, ils sont en train de déguster leur coupe de champagne. Une petite assiette pleine de biscuits est posée entre eux. Ils semblent nager dans le bonheur. Sidonie sourit.

— Ah, te voilà, ma chérie. On a mis ton assiette de côté… Tu veux que je te la réchauffe ? Ou bien tu préférerais un morceau de from… Mais dis donc, tu en fais, une tête !

Oui, elle en fait, une tête. Loïc lui a dit avoir aperçu les deux hommes, de loin, se diriger vers la grange.

Il a bien sûr pensé qu'ils travaillaient pour le centre. Mais il a quand même trouvé un peu bizarre qu'ils s'y mettent à deux pour transporter un bidon d'essence. Comme il avait autre chose en tête, il n'a pas accordé beaucoup d'importance à la chose. Évidemment, Annou lui demande s'il n'a rien entendu, quand elles s'étaient retrouvées tout près ! Mais il a alors expliqué qu'à partir du moment où il s'était approché de Baby, il avait trouvé une bulle de bonheur, que sa jambe avait cessé de le lancer, qu'il avait complètement oublié le reste du monde. Pourtant, elles n'avaient pas été si discrètes, avec madame Frizon et Émie, quand elles avaient éteint le feu de paille…

– Ouh là ! C'est quoi, cette histoire de feu ? s'écrie Jonathan, reposant sa coupe d'un geste si brusque qu'il manque la casser.

Annou se mord les lèvres. Elle n'aurait pas dû tout raconter ! La vieille dame avait tellement insisté sur la nécessité de rester discrètes, pour ne pas faire de mauvaise publicité au centre équestre…

Mais Sidonie est déjà debout.

— Il faut tirer ça au clair, grommelle-t-elle en secouant la tête. Ça fait beaucoup d'indices mettant en cause les frères Flahaut… Tu avais peut-être raison, finalement, ma chérie ! Et même, si ça se trouve, ce sont aussi eux qui ont piraté le site internet… Allons voir Jacqueline. C'est important de discuter de tout cela avec elle, d'aviser ce qu'il convient de faire. À mon avis, il faut en parler à la police…

Quelques instants plus tard, ils ont traversé la rue et sont devant la porte de madame Frizon. Ils toquent, sonnent, appellent… sans succès.

— C'est bizarre qu'elle ne réponde pas, murmure Jonathan.

— Pourvu qu'elle n'ait pas fait un malaise ! Après une journée pareille, ce n'est pas impossible… On aurait dû la prendre avec nous, ce soir… Je crois que je vais retourner à la maison : j'ai un jeu de clefs, on va entrer pour voir si tout va bien…

Alors que Jonathan approuve, d'un signe de la tête, Annou lève la main.

— Attends, elle est peut-être tout simplement allée dire bonne nuit à ses chevaux. Elle faisait toujours ça, quand ils habitaient l'écurie juste à côté…

Effectivement, la vieille dame est en train de cajoler Zack. Une fois mise au courant des derniers événements, elle soupire.

— J'ai depuis un moment envie d'aller rencontrer ces deux malfrats pour leur parler…

— Leur parler ? Mais comment tu verrais ça ? « Bonjour, excusez-moi, mais arrêtez d'essayer de nous nuire, s'il vous plaît ? » s'amuse Jonathan.

Madame Frizon plisse les yeux.

— Pour vous dire toute la vérité, au début, j'envisageais quelque chose d'un peu musclé… À la guerre comme à la guerre ! Mais mon avocat m'en a dissuadée. D'ailleurs, nous n'avions jusqu'à aujourd'hui aucun début de preuve de quoi que ce soit.

Jonathan toussote.

— À vrai dire, il n'y en a pas beaucoup plus maintenant… Si ça se trouve, c'est quelqu'un d'autre qui…

La vieille dame le toise avec un sourire moqueur.

— Bien entendu, mon cher ami : ce n'est pas parce que Loïc les a surpris qu'il faut en tirer… des conclusions hâtives ! Dis-moi, tu es vraiment journaliste ?

— En réalité, vous vous basez toutes sur des intuitions… Autrement dit, sur du vent !

— Et le bidon d'essence ! C'est une intuition, le bidon d'essence posé à côté de la paille qui a pris feu ? s'indigne madame Frizon.

— Eh bien…

— Quoi qu'il en soit, ce qu'on appelle des intuitions ne sont généralement rien d'autre que des signaux envoyés par notre esprit.

— Ha ha ha !

— Parfaitement. Le cerveau enregistre sans cesse et de façon inconsciente tout un tas d'éléments, parfois insignifiants : changement de température ou de luminosité, apparition d'une odeur, d'un courant d'air… Suite à quoi, parfois, nos petits neurones, sans déclencher une véritable procédure d'alerte, s'agitent un peu : ils nous soufflent un message. Appelle ça une intuition si tu veux. Pour moi, c'est le résultat intelligent d'une analyse de données.

Sidonie toussote.

— Bon, on ne va pas se chamailler, maintenant…

— En définitive, reprend la vieille dame, le plus important est que le centre équestre soit protégé des méfaits de ces damnés promoteurs… J'en suis même arrivée à me demander si je ne devais pas leur proposer une partie de l'argent de la vente du domaine pour qu'ils nous laissent tranquilles !

— Quelle idée ! s'exclame Sidonie. Alors, ils auraient gagné… Mais je te rejoins dans l'idée que nous devons absolument provoquer une confrontation afin d'éclaircir tout ça. Tu pourras compter sur nous le moment venu. N'est-ce pas, Jonathan ?

— Certainement. Même si, pardon d'insister, il faudra sans doute passer par l'intermédiaire d'un tiers. Qu'est-ce que propose ton avocat, d'ailleurs ? Ce n'est pas à nous d'aller trouver ces malfaiteurs chez eux sans y avoir été invités… Ils sont peut-être dangereux. Nous ferions sans doute mieux de faire un saut au commissariat demain, pour voir si nous pouvons porter plainte, et ensuite…

Mais personne ne l'écoute.

Annou s'est rapprochée de madame Frizon.
— Vous savez où ils habitent ?

La vieille dame hausse les épaules.
— Ce n'est un secret pour personne : ils vivent dans deux villas jumelles, très luxueuses, avec piscine, jacuzzi, juste à l'orée de la forêt… Une espèce de molosse garde l'entrée : c'est un gros berger allemand qui se met à aboyer comme un fou dès qu'on s'approche un peu trop près…
— Dis donc, on dirait que tu connais bien l'endroit, souffle Sidonie, un sourcil en l'air.
— Hum. Disons que j'y ai déjà fait un ou deux repérages...
— C'est loin ?

— À vol d'oiseau, guère, mais je dirais cinq ou six kilomètres d'ici : la route contourne les bois…

Seuls des raclements de sabots sur la litière de paille, des bruits de mastication, de souffles ou de petits hennissements viennent troubler le silence accablant, qui est tombé, sur le petit groupe.

Soudain, la voix Annou s'élève, claire et déterminée.
— Il n'est pas si tard que ça, il va faire jour encore un grand moment ! On pourrait y aller maintenant…
— Quelle bonne idée ! fait alors une autre voix, tout aussi claire et déterminée.

Chapitre 8 :

Le fin mot de l'affaire

— Excusez-moi, dit Émie en s'avançant, je vous ai vus passer, alors que j'étais du côté du hangar…

Sidonie fronce les sourcils.

— Comment ça, du côté du hangar ? Tes parents savent que tu es ici ?

— Ben, je leur ai dit que je dînais chez vous et que vous me raccompagneriez après. Il fallait absolument que je revienne. D'abord, parce que je voulais vérifier que j'avais bien vu un bidon d'essence… Et ensuite, j'espérais bien trouver des indices.

— Des indices ?! souffle Jonathan, les yeux au ciel.

— Et tu en as trouvé ? demande Annou, pleine d'espoir.

Avec un air de triomphe, Émie sort un spray nasal de sa poche.

— Ce truc était dans la poubelle la plus proche du hangar : un médicament contre le rhume des foins…

— Ah-haaa ! fait madame Frizon. Bravo ! J'avais bien entendu des éternuements en série ! Nous devons découvrir si l'un des frères Flahaut est allergique à la paille.

— Le problème, c'est que je l'ai bêtement touché, poursuit Émie, alors on ne pourra plus trouver d'empreintes dessus… Quelle idiote je fais…

— Toi, tu regardes trop la télé… commente Jonathan avec un petit sourire amusé.

Madame Frizon reprend :

— Bon, c'est décidé : je vais aller leur rendre visite, ce soir même. Je ne perds absolument rien à essayer… Juste pour qu'ils m'expliquent ce qu'ils fabriquaient au centre cet après-midi, pour leur demander les yeux dans les yeux s'ils ont essayé de mettre le feu au hangar. Je vais aller appeler un taxi.

— On pourrait passer par la forêt ? À cheval ? Ce serait plus rapide… murmure Annou. Et puis, l'effet de surprise sera plus grand que si vous arrivez par la route.

— Pas bête… approuve la vieille dame.

Jonathan la prend par le bras. Il se retient manifestement de la secouer un peu.

— Jacqueline, ce n'est pas du tout une bonne idée. Cela peut être dangereux. On ne sait jamais…

— Allons donc, monsieur le journaliste, rétorque-t-elle, le nez froncé, c'est toi qui regardes trop de films policiers ! On a encore le droit d'aller se promener à cheval là où on a envie de le faire, dans ce pays, non ? Je vais tout simplement aller jeter un œil par là-bas…

— Alors, je viens avec toi, affirme Sidonie.

Les filles avancent d'un pas.

— Nous aussi.

— Elles sont folles, elles sont toutes folles… grommelle le journaliste en secouant la tête.

Mais cela ne l'empêche pas de suivre le mouvement, et quelques minutes plus tard, cinq cavaliers quittent le centre équestre au petit trot pour se diriger vers les bois. Curcuma, Gigi et Isidore ont emboîté le pas sans rechigner à Nox et Zack, qui connaissent bien le chemin forestier. On y croise quelques promeneurs, et puis plus personne, à part une biche effrayée et quelques écureuils.

Les cavaliers poursuivent leur chevauchée en silence, jusqu'à ce que madame Frizon ralentisse l'allure.

— On devrait déboucher pas très loin des villas si on prend à droite, par ici… indique-t-elle.

Une fois à découvert, elle prend quelques instants pour s'orienter sur le petit sentier qui longe la forêt.

Les autres la suivent le plus silencieusement possible. Le cœur d'Annou bat fort dans sa poitrine. Que feront-ils si les deux promoteurs se montrent agressifs ? Peut-être cachent-ils un revolver dans le tiroir d'une commode…

Bientôt, deux belles maisons blanches de deux étages chacune et entourées de plusieurs arbres splendides apparaissent, au détour du chemin.

– C'est bizarre, souffle Annou, regardez : tous les volets sont fermés… On dirait qu'ils sont partis, non ?

En approchant, cette impression se confirme : nul berger allemand à l'horizon, et d'ailleurs, aucune trace de vie dans les parages : pas une table, pas une chaise dans le jardin, ni au bord de la piscine, dont le volet de protection est tiré.

– Il semblerait bien que tu as raison, mon petit, souffle madame Frizon.

À cet instant, Émie pousse un petit cri. Tout à coup, elle n'est plus sur le dos de Gigi. En secouant la queue pour chasser une mouche qui l'agaçait, la jument a déstabilisé sa cavalière, encore trop inexpérimentée pour réagir assez vite. Mais la jeune fille se redresse d'un bond, grimaçant un sourire forcé.

– Hé hé, heureusement que je n'avais pas complètement enfoncé mes pieds dans les étriers, hein ?! J'aurais pu plus mal tomber.

– Tu t'es blessée ? demande Sidonie en mettant pied à terre.

– Non, non, pas du tout. J'ai réussi à faire comme nous a appris Jeanne : je me suis penchée en avant et mise en boule pour ne pas tomber à plat. Ça limite les risques…

– Chapeau, fait Annou. Je ne sais pas si j'aurais eu le réflexe de faire ça !

Après un rapide examen, tout le monde est rassuré et Émie peut remonter en selle. Le chemin du retour semble très rapide, même si chacun reste plongé dans ses pensées.

Une fois les chevaux rentrés dans leur box, madame Frizon retourne chez elle, et le reste de la troupe traverse la rue pour s'installer chez Annou et Sidonie. Celle-ci, à peine arrivée, téléphone à la maman d'Émie pour lui dire que sa fille est invitée à dormir à la maison.

On promet solennellement de ne jamais parler à personne de la petite virée dans les bois.

Bien plus tard, le soir, Jonathan, installé au salon avec Sidonie, reçoit un coup de fil d'un de ses confrères. En l'écoutant, il pousse une telle série d'exclamations que les filles arrivent, en pyjama, pour voir ce qui se passe.

— Merci de m'avoir prévenu, en tout cas. Est-ce que l'info sera dans le journal, demain ? OK. Merci encore. À bientôt !

— Tout va bien ? demande Annou, lorsqu'il finit par raccrocher.

— Très bien ! Figure-toi que les frères Flahaut ont été arrêtés en fin d'après-midi !

— Comment ça ?

— Ils ont tenté de détourner des fonds publics et la brigade financière les surveillait depuis un moment... Ils ont été appréhendés alors qu'ils s'apprêtaient à rejoindre la Belgique.

— Ça alors, se désole Émie, ils ne seront jamais punis pour avoir essayé de mettre le feu au centre et on ne saura jamais si c'est eux qui ont piraté le site internet !

Annou se mordille la lèvre un instant avant de lâcher :

— En fait, je suis sûre que madame Frizon ira les voir en prison et qu'elle sera tellement insistante qu'ils finiront par avouer.

— Et elle aura drôlement raison, poursuit Émie.

— En fait, on pourrait même l'accompagner, tu ne crois pas ?

Sidonie, qui ne veut pas éclater de rire, se borne à ébouriffer la tête de sa fille.

— Arrête de dire « en fait », ma chérie, c'est devenu un vrai tic.

Épilogue

Épilogue

Jonathan Loisot, face caméra, présente le docteur Paulus, chef du service de pédiatrie de la clinique des Orchidées, située non loin du centre équestre. Ensuite, il se tourne vers son invité.

— Docteur, dites-nous, la compagnie d'un animal peut-elle avoir un réel bénéfice sur l'état de santé des malades ?

— Incontestablement. Plusieurs études récentes tendent à établir que certains animaux, pour une raison qu'on ignore encore, semblent particulièrement doués pour apaiser les patients. J'ai obtenu l'autorisation des propriétaires de la ponette Baby d'inviter celle-ci pour une heure chaque mercredi après-midi dans les jardins de notre établissement. Je voudrais que mes petits malades puissent venir la saluer et profiter de sa présence…

— Qu'est-ce qui vous en a donné l'idée ? demande ensuite le journaliste.

— Un jeune patient nommé Loïc m'a récemment raconté son incroyable rencontre avec cette ponette, ici même…

À ce moment, Hippolyte arrive dans le champ de la caméra, accompagnant Baby qu'il tient par le licol. Il serre la main du spécialiste et commence, l'air absolument sûr de lui :

— Tous les gens qui fréquentent les chevaux savent qu'ils peuvent faire preuve d'une grande empar… empact… empa… Flûte…

— D'une grande empathie ! complètent en chœur Émie, Tao et Annou, qui rejoignent le petit groupe sous l'œil amusé du cameraman.

— Voilà, c'est ça, merci : empathie ! Ha ha ! Je le savais !

Baby, qui est maintenant en pleine forme, lève la tête et pousse un petit hennissement joyeux.

Jeanne et madame Frizon, accoudées côte à côte à la barrière du pré, discutent à voix basse.

— Et que dit madame Leclerc de ces bonnes nouvelles ?

— Elle est enchantée. D'ailleurs, Baby va rester en pension chez nous. Sa propriétaire viendra la voir et la montera au moins deux fois par semaine…

Après être restée silencieuse un moment, la monitrice d'équitation soupire :

— Mais alors, c'est bien vrai ? Vous lui avez seulement chanté des chansons ?!

— Non, non, ma chère : pas n'importe quelles chansons. Uniquement des standards de la musique country américaine. Son préféré est incontestablement *I wish I was in Dixie*... Mais je vous rappelle que vous avez promis de garder le secret.

– Vous pouvez compter sur moi, Jacqueline. Je ne dirai pas un mot.